FOLIO CADET

Pour ma chère amie Dearbhla Molloy

Traduit de l'anglais
par Vanessa Rubio-Barreau

Maquette : Karine Benoit

ISBN : 978-2-07-063786-7
Titre original : *Horrid Henry's Nits*
Édition originale publiée par Orion Children's Books, 1997

N° d'édition : 180269
Loi n° 49-956 du 16 juillet 1949 sur les publications destinées à la jeunesse
Dépôt légal : mars 2011
Imprimé en Italie par L.e.g.o S.p.a

Francesca Simon

Horrible Henri

La chasse aux poux

illustré par Tony Ross

GALLIMARD JEUNESSE

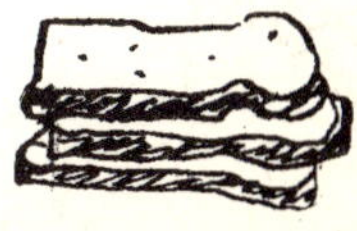

1
La chasse aux poux

Scratch. Scratch. Scratch !

Le père d'Horrible Henri se gratta la tête.

– Arrête de te gratter, fit sa femme. On est à table !

Scratch. Scratch. Scratch !

La mère d'Horrible Henri se gratta la tête.

– Arrête de te gratter, fit son mari. On est à table !

Horrible Henri se gratta la tête.

– Arrête de te gratter, Henri ! s'écrièrent ses parents.

– Oh-oh, fit sa mère.

Elle posa sa fourchette et le fixa en fronçant les sourcils.

– Henri, tu n'as pas à nouveau des poux, j'espère ?

– Bien sûr que non.

– Viens devant l'évier, s'il te plaît, ordonna-t-elle.

– Pourquoi ?

– Je veux juste vérifier.

Henri s'approcha en traînant les pieds. « C'est pas juste, pensait-il. Ce n'est quand même pas ma faute si les poux m'adorent. »

Tous les poux de la classe se retrouvaient sur sa tête. Ils devaient organiser de super fêtes de poux et inviter

les poux des autres écoles et même de tout le pays.

La mère d'Henri lui passa le peigne spécial dans les cheveux et fit la grimace.

– Oh non ! Tu grouilles de bestioles, Henri.

– Voyons voir, fit-il.

Il tenait à savoir combien il en avait exactement.

– Un, deux, trois… quarante-cinq, quarante-six, quarante-sept…, compta-t-il en les déposant un à un sur une serviette en papier.

– Ce n'est pas poli de compter ses poux, fit remarquer son petit frère, Paul Parfait. N'est-ce pas, maman ?

– Tout à fait, mon chéri.

Leur père se passa le peigne dans les cheveux et fit la grimace.

– Oh non ! gémit-il.

Leur mère se passa le peigne dans les cheveux et râla :

– C'est pas vrai !

Puis elle le passa dans les cheveux de Paul Parfait. Encore et encore.

– Tu n'as pas le moindre pou, Paul. Comme d'habitude. Bravo, mon ange !

Paul Parfait eut un sourire modeste.

– C'est parce que je me lave les cheveux tous les soirs et que je les brosse tous les matins.

Horrible Henri leva les yeux au ciel. C'est vrai qu'il avait les cheveux sales, mais quand même…

– Les poux aiment aussi les cheveux propres, affirma-t-il.

– Pas du tout, répliqua son frère. Je n'ai jamais eu de poux.

« Jusqu'à aujourd'hui ! » pensa Horrible Henri.

Discrètement, il prit quelques poux sur la serviette en papier et en passant derrière Paul, il lui saisit une mèche de cheveux.

HOP !

Scratch. Scratch !

– Maman ! couina Paul. Henri m'a tiré les cheveux.

– Arrête, Henri, gronda leur père.

– Je voulais juste voir s'ils étaient vraiment propres. Effectivement, ils sont tout doux, ajouta-t-il d'un ton mielleux. J'aimerais bien avoir des cheveux comme ça.

Paul Parfait sourit. C'était rare que son frère lui fasse des compliments.

– Bien ! soupira leur mère. Tout le monde dans la salle de bains. Tournée de shampooing générale.

– NON ! hurla Horrible Henri. PAS LE SHAMPOOING !

Il avait horreur de cet horrible shampooing puant. Il préférait encore garder ses poux.

Sauf que, justement, aujourd'hui, sa maîtresse, Mlle Lefouet, avait rédigé un mot pour les parents :

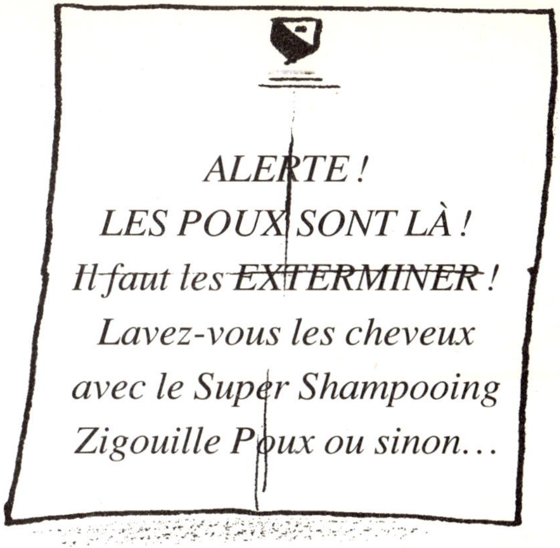

Évidemment, Henri avait jeté la lettre à la poubelle. Il était hors de question qu'on lui arrose à nouveau la tête avec cette saleté de produit. Manque de chance, sa mère l'avait vu en train de se gratter !

– C'est le seul moyen de s'en débarrasser, fit valoir son père.

– Mais ça ne marche jamais ! cria Henri en s'enfuyant.

Ses parents le rattrapèrent par le col et le traînèrent, hurlant et gesticulant, jusqu'à la salle de bains.

– Les poux sont des êtres vivants, affirma Henri. Pourquoi on les tue ?

– Parce que..., commença sa mère.

– Parce que... parce que... ils nous sucent le sang, expliqua son père.

Des suceurs de sang ?

Henri n'avait jamais vu les choses sous cet angle. Pendant qu'il réfléchissait à cette nouvelle théorie, sa mère en profita pour lui vider la bouteille de Zigouille Poux sur le crâne.

– NOOOON ! hurla Henri.

Et il secoua frénétiquement la tête. La porte était couverte de shampooing. Le sol aussi. Ses parents également. Le seul endroit où il n'y avait plus de shampooing, c'était sur la tête d'Henri.

– Henri, arrête tes bêtises ! rugit son père en essuyant sa chemise.

– Quel cinéma pour pas grand-chose, remarqua Paul Parfait.

Horrible Henri se jeta sur lui, mais sa mère l'attrapa par son pull et le retint.

– Enfin, Paul, ce n'est vraiment pas gentil de dire ça à ton frère. Tout le monde n'a pas ton courage.

– Tu as raison, maman, reconnut Paul Parfait. J'ai manqué de tact, je ne recommencerai plus. Pardonne-moi, Henri.

Sa mère lui sourit.

– Des excuses parfaites, mon Paul. Quant à toi, Henri…

Elle soupira.

– … on te rachètera du shampooing demain.

« Ouf ! je l'ai échappé belle », pensa-t-il en se grattant vigoureusement le crâne.

Le lendemain matin, à l'école, un troupeau de parents furieux fit irruption dans la classe en brandissant le mot de la maîtresse.

– Ma Marguerite n'a pas de poux !

hurla la mère de Maudite Marguerite. Elle n'en a jamais eu et elle n'en aura jamais. Comment osez-vous ?

– Mon Sacha n'a pas de poux ! renchérit la mère de Sacha Sympa. Quelle idée !

– Mon Théo n'a pas de poux ! cria le père de Théo Costaud. Un gamin de cette classe ne doit pas faire sérieusement son shampooing.

Mlle Lefouet croisa les bras.

– Soyez assurés que nous trouverons le coupable, affirma-t-elle. Je déclare ouverte la chasse aux poux.

Scratch. Scratch. Scratch !

La maîtresse se retourna, scrutant la classe de ses petits yeux noirs.

– Qui vient de se gratter ?

Silence.

Henri se pencha sur son cahier en s'efforçant de prendre l'air appliqué.

– C'est Henri ! annonça Maudite Marguerite.

– Menteuse ! se défendit-il. C'est Colin.

Colin Ouin-Ouin fondit en larmes.

– Non, c'est pas moi ! !

Mlle Lefouet fixa sa classe et décréta d'un ton mauvais :

– Je vais trouver une bonne fois pour toutes qui a des poux !

– Pas moi ! cria Maudite Marguerite.

– Pas moi ! cria Alexis Malpoli.

– Pas moi ! cria Horrible Henri.

– Silence ! ordonna la maîtresse. Nora Garopoux va venir ce matin. Nous saurons bientôt qui ne fait pas sérieusement son shampooing.

« Oh-oh », pensa Henri.

Impossible d'échapper à l'œil de lynx et au peigne féroce de Nora la chasseuse de poux. Tout le monde serait au courant. Alexis Malpoli se moquerait de lui. Il aurait droit à un shampooing tous les soirs. Ses parents découvriraient qu'il avait jeté toutes les alertes aux poux de la maîtresse…

Évidemment, il aurait pu dire qu'il avait très mal au ventre pour qu'on le renvoie chez lui. Mais Nora Garo-poux avait une mémoire d'éléphant et elle se rappelait toujours parfaitement quelle tête elle avait vérifié ou pas.

Il aurait pu s'enfuir en hurlant qu'il avait attrapé la maladie de la vache folle, mais il n'était pas sûr que Mlle Lefouet le croirait.

Il n'avait pas le choix. Cette fois, il était vraiment coincé.

À moins que…

Soudain, Horrible Henri eut une idée de génie. C'était tellement perfide et affreux qu'il hésita tout de même un instant. Juste un quart de seconde. Aux grands maux, les grands remèdes.

Il se pencha vers Alice Malice et sa tête effleura légèrement la sienne.

HOP !

Scratch. Scratch !

– Laisse-moi tranquille, Henri, siffla Alice.

– Je voulais juste voir ton beau dessin.

Henri se leva pour aller tailler son crayon. En se dirigeant vers la poubelle, il frôla Léon Glouton.

HOP !

Scratch. Scratch !

En revenant à sa place, il trébucha et tomba sur Louis Langoisse.

HOP !

Scratch. Scratch !

– Aïe ! couina Louis.

– Désolé. Je suis vraiment trop maladroit. Oups ! fit-il en se prenant les pieds dans le tapis.

Il se cogna la tête contre Colin Ouin-Ouin.

HOP !

Scratch. Scratch !

– Ouiiiinnnn ! hurla Colin.

– Retourne vite t'asseoir, Henri ! ordonna Mlle Lefouet. Et Colin, arrête de te gratter ! Thomas, comment écris-tu « chat » ?

– J'sais pas, répondit Thomas Grosbras.

Horrible Henri se pencha au-dessus de la table, le front collé à celui de Thomas et lui souffla :

– C-H-A-T.

HOP !

Scratch. Scratch !

Puis Henri leva la main.

– Oui ? fit la maîtresse.

– Je ne comprends pas l'exercice, dit-il d'un ton innocent. Vous pourriez m'expliquer, s'il vous plaît ?

Mlle Lefouet fronça les sourcils. Elle préférait rester à bonne distance d'Henri.

À contrecœur, elle vint à sa table et se pencha sur son cahier. Henri approcha sa tête de la sienne.

HOP !

Scratch. Scratch !

On frappa alors à la porte. Nora Garopoux fit irruption dans la classe, armée de peignes et autres instruments de torture.

– En rang, tout le monde, ordonna Mlle Lefouet en tapotant son chignon. La dame aux poux est là.

« Mince ! » pensa Henri.

Il venait à peine de commencer. Il se leva lentement.

Tout le monde se bousculait pour passer en premier. Puis les élèves se rappelèrent subitement pourquoi ils faisaient la queue et se battirent pour être au bout de la file.

Horrible Henri saisit l'occasion, il fonça dans le tas, frôlant autant de têtes que possible.

HOP !

Scratch. Scratch !

HOP !

Scratch. Scratch !

HOP !

Scratch. Scratch !

– Henri ! cria Mlle Lefouet. Tu es privé de récréation. Va à la fin de la queue. Et arrêtez tous ce bazar !

Maudite Marguerite s'était débattue comme un diable pour passer en premier. Elle présenta fièrement son crâne à Nora Garopoux.

– Je n'ai pas de poux, j'en suis sûre.

Nora glissa le peigne dans ses cheveux.

– Poux ! annonça-t-elle en glissant un papier dans la main de Marguerite.

Celle-ci en resta sans voix.

– Mais… mais…, bafouilla-t-elle.

« Hé, hé », pensa Henri. Pour une fois, il ne serait pas le seul.

– Au suivant, cria Nora Garopoux.

Elle passa le peigne dans les cheveux gras d'Alexis Malpoli.

– Poux ! déclara-t-elle.

– Ouh, le pouilleux, murmura Horrible Henri, ravi.

– Poux ! décréta Nora en plantant son peigne dans la tignasse de Paula Raplapla.

– Poux ! fit-elle en secouant les boucles de Léon Glouton.

– Poux, poux, poux, poux, poux ! poursuivit-elle en désignant Colin Ouin-Ouin, Alice Malice, Ninon Ronchon, Thomas Grosbras et Hugo Tornado.

Puis Nora Garopoux fit signe à Mlle Lefouet d'approcher.

– Tout le monde y passe, affirma-t-elle.

La maîtresse pâlit.

– Cela fait vingt-cinq ans que j'enseigne et je n'ai jamais eu de poux. Vous perdez votre temps !

Ignorant ses protestations, Nora Garopoux planta son peigne dans la chevelure de la maîtresse.

– Hmmm, fit-elle, puis elle chuchota quelque chose à l'oreille de Mlle Lefouet.

– NON ! hurla-t-elle. NOOOOON !

Elle rejoignit ensuite le troupeau d'enfants en larmes qui serraient leur mot dans leurs petites mains.

Enfin, ce fut au tour d'Henri.

Nora Garopoux glissa son peigne dans sa tignasse emmêlée. Le passa et le repassa. Encore et encore.

– Pas de poux, déclara-t-elle. Très bien, jeune homme. Continue comme ça.

– Ça, c'est sûr ! répondit Henri.

Le soir, il rentra chez lui en gambadant, brandissant son certificat.

– Regarde, Paul ! J'ai pas de poux !

Paul Parfait fondit en larmes.

– Moi oui.

– Pas de veine ! répliqua son frère.

2
Le mystère des Crogougnards

Horrible Henri secoua sa tirelire squelette et essaya d'ouvrir la petite trappe. Sa mère l'emmenait au Paradis des Jeux le lendemain. Il allait enfin pouvoir s'acheter le jouet de ses rêves : la fabuleuse machine à potions. Ha, ha, ha ! Il allait drôlement s'amuser en remplaçant les boissons de toute la famille par des potions répugnantes !

En plus, Maudite Marguerite serait

verte de jalousie. Elle la voulait aussi mais elle n'avait pas assez de sous pour se l'acheter. Il l'aurait donc en premier et il ne la laisserait jamais jouer avec. À part deux ou trois bonbons et une bande dessinée par-ci par-là, cela faisait des semaines qu'il économisait son argent de poche.

Paul Parfait passa la tête dans sa chambre.

– J'ai neuf euros ! annonça-t-il en brandissant fièrement sa tirelire cochon. Largement assez pour mon kit d'observation de la nature. Et toi, tu as combien ?

– Des millions, répondit Henri.

Son frère écarquilla les yeux.

– C'est pas vrai, hein ?

Henri secoua sa tirelire.

Un maigre cliquetis retentit.

– C'est un peu léger pour des millions, non ? fit remarquer Paul.

– Évidemment, les billets, ça ne fait pas de bruit, abruti.

– Maman, Henri m'a traité d'abruti, se plaignit Paul.

– Arrête ça tout de suite, Henri ! ordonna leur mère.

Horrible Henri donna un grand coup dans sa tirelire et vida son contenu par terre.

Une petite pièce de dix centimes roula sur le parquet.

Henri en resta bouche bée. Il glissa sa main dans la tirelire : elle était vide !

– On m'a volé mes sous ! Où est passé mon argent ? Qui m'a volé mes pièces ?

– Qu'est-ce qui se passe ? demanda sa mère en accourant, alertée par le vacarme.

– Paul m'a piqué mes sous ! brailla Henri en fixant son frère d'un œil assassin. Attends que je t'attrape, espèce de voleur !

– Paul ne t'a rien volé du tout, Henri. Tu as tout dépensé en bonbons et bandes dessinées.

– Même pas vrai !

Sa mère désigna les piles de B.D.

et tous les papiers de bonbons qui jonchaient le sol de sa chambre.

– Alors c'est quoi, tout ça ?

Horrible Henri arrêta de hurler. C'était vrai. Il avait dépensé tout son argent sans s'en rendre compte.

– C'est pas juste ! gémit-il.

– Moi, j'ai fait des économies, affirma Paul Parfait.

Sa mère lui sourit.

– Parfait, Paul. Que cela te serve de leçon, Henri !

– J'ai hâte d'acheter mon kit d'observation de la nature. Tu aurais dû garder tes sous au lieu de les dépenser bêtement, Henri.

Horrible Henri se jeta sur son frère en grognant, pour le scalper comme un Indien.

– OOOUUUUIIILLLE ! couina Paul.

– Henri, Arrête ! Demande pardon à ton frère ! cria leur mère.

– Non, j'ai pas envie ! Je veux mes sous !

– Continue à être odieux et on ne va pas au Paradis des Jeux.

Henri haussa les épaules.

– Je m'en fiche.

Quel intérêt d'aller dans un magasin de jouets s'il ne pouvait rien s'acheter ?

Horrible Henri donna un grand coup de pied dans les papiers de bonbons et se jeta par terre. La machine à potions coûtait cinq euros quatre-vingt-dix-huit, il fallait qu'il trouve cet argent.

Oui, mais comment ?

Il n'avait qu'à voler les sous de Paul. C'était tentant. Il savait que son frère cachait sa tirelire dans son étui de violoncelle. Et puis la tête qu'il ferait en découvrant que toutes ses économies avaient disparu, ce serait trop drôle ! Henri sourit.

Mais finalement, ce n'était peut-être pas une bonne idée. On le soupçonnerait tout de suite, surtout si, tout à coup, il avait de l'argent et Paul plus un sou.

Et s'il vendait ses B.D. à Maudite Marguerite ?

– Non ! gémit-il en les serrant contre sa poitrine.

Il y tenait trop. Il devait bien y avoir un autre moyen.

C'est là qu'il eut une idée merveilleusement géniale. Tellement géniale qu'il se mit à danser sur place. Il allait l'avoir, sa machine à potions. Paul allait lui donner tout l'argent dont il avait besoin.

C'était aussi facile que d'arracher une tétine à un bébé, en plus amusant !

Horrible Henri alla frapper à la porte de son frère. Il était en pleine réunion du club des Bons Garçons (Devise : « Puis-je vous aider ? ») avec ses amis Max Maniaque, Ben Bienpeigné et Hippolyte Tropoli.

Quelle chance ! Il allait gagner encore plus d'argent.

Henri sourit en collant son oreille à la porte pour les écouter énumérer leurs bonnes actions.

– J'ai aidé une vieille dame à traverser la rue et j'ai mangé tous mes légumes, se vanta Paul Parfait.

– J'ai rangé ma chambre matin et

soir toute la semaine, enchaîna Ben Bienpeigné.

– J'ai nettoyé la baignoire sans qu'on me le demande, annonça Max Maniaque.

– Je n'ai pas une seule fois oublié de dire « s'il vous plaît » ou « merci », fit Hippolyte Tropoli.

Horrible Henri renversa les barricades pour faire irruption dans la chambre.

– Mot de passe ? s'écria Paul Parfait.

– Vitamines, répondit son frère.

Ben Bienpeigné le fixa, les yeux écarquillés.

– Comment tu le sais ? s'étonna-t-il.

– T'occupe, répliqua Henri, qu'on ne surnommait pas le roi de l'espionnage pour rien. J'imagine qu'aucun de vous n'a entendu parler des Crogougnards ?

Les garçons se regardèrent, perplexes.

– C'est quoi ? demanda Max Maniaque.

– Les plus répugnants, dégoûtants, effrayants monstres du monde entier, affirma Horrible Henri. Et je sais où on peut en voir un.

– Où ça ? demanda Hippolyte Tropoli.

– Pourquoi je te le dirais ? rétorqua Henri.

– Allez, s'il te plaît ! supplia Max Maniaque.

Henri baissa la voix et murmura :

– Les Crogougnards ne sortent que la nuit. Ils se faufilent dans l'ombre, puis se jettent brusquement sur les gens pour les... MORDRE !

Les membres du club des Bons Garçons étaient pétrifiés de terreur.

– Moi, ça ne me fait pas peur, affirma Paul Parfait. En plus, je n'ai jamais entendu parler de ces Screugneugneus ou je ne sais quoi.

– Normal, tu es trop jeune, déclara son frère. Les adultes t'ont caché leur existence pour ne pas te traumatiser.

– J'aimerais bien en voir un, affirma Ben Bienpeigné.

– Moi aussi ! renchérirent en chœur Max Maniaque et Hippolyte Tropoli.

Paul eut un instant d'hésitation.

– Ce n'est pas une blague, au moins, Henri ?

– Bien sûr que non. Il n'y a pas plus sérieux et c'est pour ça que je ne peux pas vous laisser m'accompagner.

– Oh, allez, Henri, s'il te plaît, insista son frère.

Il fit semblant de réfléchir.

– Bon, d'accord. Rendez-vous dans le jardin à la tombée de la nuit. Mais ça vous coûtera deux euros chacun.

Les Bons Garçons faillirent s'étrangler :

– Deux euros !

– Vous avez envie de voir un CROGOUGNARD, oui ou non ?

Paul Parfait consulta ses amis du regard.

Ils hochèrent tous la tête.

– Parfait, décréta Henri. On se retrouve à six heures, dans ce cas. Et n'oubliez pas vos sous.

« Hé, hé, hé ! », ricana-t-il sans bruit.

Huit euros !

Il allait pouvoir s'acheter une machine à potions et un robot à poison à ce tarif-là !

De grands cris s'élevèrent alors du jardin voisin.

– Rends-moi ma pelle ! ordonna Maudite Marguerite de son ton de commandeuse.

– T'es trop méchante, ronchonna Ninon Ronchon. Non, j'te la rendrai pas parce que c'est mon tour de creuser.

CHTOUNG ! BONG !

– AAAAÏÏÏÏEEEE !

« Huit euros, c'est pas mal, pensa Horrible Henri, mais douze, c'est encore mieux. »

Il enjamba le muret en demandant :

– Qu'est-ce qui se passe ?

– Fiche le camp, Henri ! vociféra Maudite Marguerite.

– Ouais, Henri, hoqueta Ninon Ronchon entre deux sanglots. On ne veut pas de toi ici.

– Vous ne voulez pas que je vous parle du Crogougnard que j'ai trouvé ? Bon, tant pis pour vous.

Marguerite lui tourna le dos.

– Non, on n'en a rien à faire.

– Ouais, d'abord, renchérit Ninon Ronchon.

– O.K. Il ne faudra pas venir pleurer quand le Crogougnard sautera dans votre jardin pour vous tailler en pièces et vous sucer les os, rétorqua Henri en s'éloignant.

Les filles se consultèrent du regard.

– Attends, fit Marguerite.

– Quoi ? fit Henri.

– J'ai même pas peur.

– Ah ouais ? Prouve-le alors.

– Comment ça ?

– Venez dans mon jardin à six heures

ce soir, je vous montrerai le Crogougnard. Seulement, ça vous coûtera deux euros chacune.

– Pas question, décréta Marguerite. Viens, Ninon.

– Bon, un euro chacune alors, s'empressa de corriger Henri.

– Certainement pas !

– Et si le Crogougnard ne vous fait

pas peur, je vous rembourse, proposa-t-il.

Maudite Marguerite sourit.

– Marché conclu.

Après avoir vérifié que la voie était libre, Horrible Henri se faufila dans les buissons pour y cacher son sac de matériel : un vieux T-shirt déchiré, un pantalon sale et une immense bouteille de ketchup. Puis il rentra vite à la maison et attendit la tombée de la nuit.

– Merci, merci, merci, merci, fit Henri en ramassant les deux euros des membres du club des Bons Garçons.

Il glissa avec précaution les pièces dans sa tirelire squelette.

Ça y est ! Il était riche !

– N'oublie pas, Henri. Tu nous rembourses si on n'a pas peur, tu as promis, murmura Maudite Marguerite.

– Chut ! la coupa-t-il. Tu ne penses qu'à l'argent alors que je vais risquer ma vie pour vous ! Bon, attendez-moi ici. Et surtout pas un geste, pas un mot. Il faut prendre le monstre par surprise, sinon…

Il s'interrompit pour faire glisser son index sur sa gorge.

– Couic ! Je pars à sa recherche. Quand je l'aurai trouvé, si ce n'est pas trop dangereux, je sifflerai deux fois et vous pourrez approcher sur la pointe des pieds. Surtout soyez prudents !

Puis il s'enfonça dans l'obscurité du jardin.

Il n'y eut pas un bruit pendant un très long moment.

– C'est ridicule, marmonna Maudite Marguerite.

Mais soudain un grondement menaçant résonna dans la nuit noire.

– C'était quoi ? s'inquiéta Max Maniaque.

– Henri ? Ça va, Henri ? souffla Paul Parfait.

Le grognement sourd se changea en rugissement.

CRAC ! BOUM !

– AU SECOURS ! AU SECOURS ! LE CROGOUGNARD EST À MES TROUSSES ! FUYEZ ! cria Horrible Henri en surgissant des buissons avec son T-shirt en lambeaux, son pantalon déchiré et du sang partout.

Les Bons Garçons s'enfuirent en hurlant.

Ninon Ronchon s'enfuit en hurlant.

Maudite Marguerite s'enfuit en hurlant.

Horrible Henri s'enfuit… et s'arrêta net.

Il attendit d'être seul, puis il essuya le ketchup qui lui dégoulinait sur la figure, saisit sa tirelire et se mit à gambader dans le jardin.

– Des sous ! Des sous ! Des sous ! chantait-il en sautillant.

Il était tellement occupé à tourbillonner qu'il ne vit pas la silhouette qui se faufilait dans l'ombre derrière lui.

– Des sous ! Des sous ! Des sous ! Rien que pour moi ! Rien que…

Il s'interrompit brusquement.

Qu'est-ce que c'était que ce bruit ?

Sa gorge se serra.

« Non, ce n'est rien. Sûrement mon imagination », se dit-il.

Mais une forme sombre jaillit hors des buissons en poussant un rugissement féroce.

Horrible Henri poussa un cri de terreur. Lâchant sa tirelire, il prit ses jambes à son cou. Le monstre ramassa sa tirelire et enjamba le muret.

Henri ne s'arrêta de courir qu'une fois bien en sécurité dans sa chambre, avec la porte fermée à clé et barricadée.

Son cœur cognait comme un fou dans sa poitrine.

« Le Crogougnard existe vraiment, se dit-il, tout tremblant. Et il est à mes trousses ! »

Horrible Henri ne ferma pas l'œil de la nuit. Il se réveillait brusquement au moindre craquement. Il dormit tellement mal qu'il se réveilla très tard le lendemain matin.

PLIC ! PLOC ! FIZZ !

Henri se redressa brusquement. Qu'est-ce que c'était que ça ?

Il sortit la tête de sous la couette, tendant l'oreille.

PLIC ! PLOC ! FIZZ !

De drôles de gargouillis montaient du jardin des voisins.

Henri courut à la fenêtre et ouvrit les rideaux.

Maudite Marguerite avait un grand sac du Paradis des Jeux à ses pieds. Et juste devant elle… une machine à potions.

En le voyant, elle leva un bocal rempli d'un liquide sombre qui faisait des bulles.

– Tu veux un verre de sang de Crogougnard, Henri ? proposa-t-elle d'un ton mielleux.

3
La sortie scolaire

– Papa, t'as pas oublié le pique-nique pour ma sortie, j'espère ? répéta Horrible Henri pour la dixième fois. Je veux des chips, des biscuits, du chocolat et un soda avec des bulles.

– Pas question, Henri, répliqua son père en coupant des carottes en rondelles. Je te prépare un repas sain et nourrissant.

– Mais j'en veux pas, moi ! protesta-t-il. Je veux des trucs bons !

– Bah, tu n'aimes que les cochonneries, intervint Paul Parfait.

Il regarda son pique-nique et s'exclama :

– Chouette, une pomme ! Un sandwich œuf-cresson dans du pain au son ! Des bâtonnets de carotte et de céleri, j'adore ! Merci, papa. Tu sais, si tu ne manges pas sain, Henri, tu ne deviendras pas grand et fort !

– C'est ça ! Tu vas voir comme je suis grand et fort, espèce de misérable vermisseau, répliqua son frère en lui sautant dessus, tel un boa constrictor voulant étouffer sa proie.

– ARGH ! couina Paul.

– Arrête ça tout de suite, Henri ! ordonna leur mère. Ou tu seras privé de sortie.

Henri lâcha son frère. Il adorait les sorties scolaires. Pas de leçons, pas de devoirs. Un pique-nique.

En vadrouille toute la journée. Le rêve !

– On va visiter l'usine de glaces Gelo Glagla, expliqua-t-il. Glaces à volonté pour toute la classe ! Youpi !

Paul Parfait fit la grimace.

– Je n'aime pas les sucreries. Avec ma classe, on va au musée d'histoire de la ville, c'est beaucoup plus intéressant. En plus, maman va nous accompagner.

– Je préfère être ébouillanté vivant et dévoré par des cannibales que de retourner voir ces vieilleries poussiéreuses, fit-il avec un frisson de dégoût.

Sa mère l'avait traîné là-bas une fois. Il avait juré de ne plus y remettre les pieds.

Il remarqua alors que son frère portait exactement le même T-shirt que lui : violet à rayures avec des étoiles dorées.

– Maman, Paul a mis le même T-shirt que moi, le copieur !

– Ce n'est pas grave, Henri. Vous n'allez pas au même endroit. Personne ne le remarquera.

– T'approche pas de moi, Paul ! menaça-t-il. Je ne voudrais pas qu'on pense qu'on est de la même famille.

Surexcités, les enfants de la classe d'Henri se bousculèrent pour monter dans le car.

– J'ai des chips ! annonça Hugo Tornado.

– J'ai des gâteaux ! renchérit Louis Langoisse.

– J'ai des bonbons, du chocolat, des sucettes et trois canettes de soda méga-pétillant ! se vanta Léon Glouton.

– BOUH ! brailla Colin Ouin-Ouin. J'ai oublié mon pique-nique.

– Silence ! ordonna Mlle Lefouet tandis que le car démarrait. On s'assoit et on se tait. On ne mange pas pendant le trajet. Colin, arrête de pleurnicher.

– J'ai envie de faire pipi ! couina Paula Raplapla.

– Eh bien ! tu vas devoir te retenir, répliqua Mlle Lefouet.

À coups de poing et de pied, Horrible Henri avait réussi à se frayer un chemin jusqu'au fond du car près de la fenêtre, à côté d'Alexis Malpoli et de Léon Glouton. C'était la meilleure place parce que la maîtresse ne pouvait pas les voir, ce qui leur permettait de faire des grimaces aux voitures de derrière. Henri et Alexis baissèrent la vitre en chantant :

– Les haricots, c'est comme les fayots, quand on en mange, on en fait des gros…

– HENRI ! hurla Mlle Lefouet. ARRÊTE ÇA TOUT DE SUITE !

– J'ai envie de faire pipi ! cria Hugo Tornado.

– Regarde ce que j'ai apporté, fit Léon Glouton en sortant un énorme sachet de bonbons.

– Tu m'en donnes ? fit Henri.

– Moi aussi ? renchérit Alexis Malpoli.

Les trois garçons se goinfrèrent de sucreries.

– Beurk ! Citron vert ! grogna Henri en sortant le bonbon poisseux de sa bouche. Pouarc !

Et il le jeta. CHTOC !

Le bonbon tomba dans le cou de Maudite Marguerite.

– Ouille !

Elle se retourna pour fusiller Henri du regard.

– Arrête, Henri !

– J'ai rien fait, se défendit-il.

CHTOC !

Un bonbon atterrit dans les cheveux de Ninon Ronchon.

CHTOC !

Un bonbon vint se coller sur le pull tout neuf de Louis Langoisse.

– Henri lance des bonbons ! se plaignit Maudite Marguerite.

Mlle Lefouet se retourna.

– Henri, viens t'asseoir à côté de moi, ordonna-t-elle.

– J'ai envie de faire pipi, pleurnicha Colin Ouin-Ouin.

Enfin, le car ralentit devant l'usine Gelo Glagla. Un gigantesque cornet de glace se dressait sur le toit du bâtiment.

– ON EST ARRIVÉS ! hurla Henri.

– Des glaces, des glaces, des glaces pour toute la classe ! crièrent les enfants lorsque le car s'arrêta devant le portail.

– Qu'est-ce qu'on attend ? protesta Léon Glouton. Je veux une glace !

Henri sortit la tête par la fenêtre.

Le portail était cadenassé. Un grand panneau annonçait : « FERMÉ LE LUNDI ».

Mlle Lefouet pâlit.

– C'est pas vrai..., marmonna-t-elle.

Les enfants, il y a eu un malentendu, nous ne sommes pas venus le bon jour. Mais ce n'est pas grave, nous allons aller…

– Au musée des Sciences ! proposa Alice Malice.

– Au zoo ! cria Hugo Tornado.

– Au Laser Zap ! brailla Horrible Henri.

– Non, fit la maîtresse, au musée d'histoire de la ville.

– Booouuuuhhhh, gémirent les enfants, et Henri encore plus fort que les autres.

Les enfants laissèrent leurs manteaux et leurs pique-niques dans une salle spéciale et suivirent le guide du musée.

– Nous allons commencer par la collection d'élastiques de M. Dumollet. Puis vous découvrirez notre extraordinaire galerie présentant l'évolution des gonds de porte et des colliers de chien à travers l'histoire. Ne vous inquiétez pas, vous aurez ensuite le temps de voir nos dernières acquisitions : un bac de terre du jardin de Mlle Montagne et les photos d'enfance de notre maire.

Horrible Henri allait mourir d'ennui ! Il fallait à tout prix qu'il trouve un moyen de s'échapper.

– J'ai envie de faire pipi, prétexta-t-il.

– Dépêche-toi alors, grogna Mlle Lefouet. Et reviens tout de suite après.

Les toilettes étaient juste à côté de la salle où ils avaient laissé leurs affaires.

Henri décida d'aller vérifier si son pique-nique était toujours bien là.

Ouaip, à côté de celui d'Alexis.

« Je me demande ce qu'il a pour le déjeuner…, se dit-il. Je vais juste jeter un œil. »

WAOUH ! La boîte à pique-nique d'Alexis était pleine de chips et de bonbons ! En plus, il avait un sandwich pain brioché-Nutella.

« Il va être malade s'il mange tout ça, pensa Henri. Il faut que je fasse quelque chose. »

En un éclair, il échangea son sandwich à l'œuf contre celui d'Alexis.

« Ce n'est pas un repas très sain,

décida-t-il en regardant le paquet de bonbons de Léon Glouton. Il vaut mieux que je lui donne quelques bâtonnets de céleri à la place. »

Puis il examina le pique-nique de Ninon Ronchon.

« Elle a beaucoup trop de gâteaux, il faut qu'elle mange plus équilibré. »

Un sachet de raisins secs vint remplacer un des petits cakes de Ninon,

qui fila aussitôt dans la boîte à pique-nique d'Henri.

« Ah, là, là ! fit Henri en échangeant la tablette de chocolat de Théo Costaud contre sa pomme. Trop de sucreries, c'est mauvais pour la santé. »

« Ah ! voilà qui est mieux ! » pensa-t-il en contemplant le nouveau pique-nique qu'il s'était préparé.

Puis il rejoignit discrètement sa classe, attroupée autour d'une vitrine.

– Voici le bac de terreau dans lequel Mlle Montagne cultivait ses légumes, expliquait le guide. Elle a remporté de nombreux concours de jardinage grâce à ses tomates, ses pommes de terre, ses poireaux…

– Quand est-ce qu'on mange ? le coupa Henri.

– Je meurs de faim, gémit Léon Glouton.

– J'ai le ventre qui gargouille, grogna Alexis Malpoli.

– C'est quand, le pique-nique ? marmonna Maudite Marguerite.

– ON A FAIM ! braillèrent tous les enfants en chœur.

– Bien, alors nous allons déjeuner maintenant, soupira Mlle Lefouet.

Les élèves traversèrent le musée en courant pour aller chercher leurs pique-niques.

Henri s'assit dans un coin afin d'attaquer son festin.

Après un instant de silence, des cris de désespoir s'élevèrent dans la salle.

– Où est passé mon petit cake ? ronchonna Ninon Ronchon.

– Mes bonbons ont disparu ! hurla Léon Glouton.

– Qu'est-ce que c'est que ça ? Un sandwich à l'œuf ! Beurk ! cria Alexis Malpoli en le jetant sur Louis Langoisse.

Et c'était parti ! Bâtonnets de céleri, raisins secs, pain aux céréales et pommes volaient en tous sens.

Henri sourit en essuyant sa bouche pleine de chocolat.

– Arrêtez ! Arrêtez ! ordonna Mlle Lefouet. Très bien, Henri, tu es le seul à être sage. Tu vas nous conduire en salle 2 pour voir les éclats de poteries romaines.

Horrible Henri prit donc fièrement la tête de la troupe de gamins râleurs qui traînaient les pieds.

C'est alors qu'il remarqua un ascenseur au fond de la pièce, avec un écriteau :

RÉSERVÉ AU PERSONNEL
ENTRÉE INTERDITE

« Je me demande où ça mène... », pensa Henri.

– Arrêtez-le ! cria un gardien.

Trop tard. Horrible Henri s'engouffra dans l'ascenseur et appuya sur le bouton du haut.

Il monta, monta, monta.

Et se retrouva dans une petite pièce pleine de vieux machins.

Des bouquins, une « collection d'ampoules électriques de 1965 à aujourd'hui » et des tas de cailloux alignés sur des étagères. Dans un coin, Henri aperçut un truc intéressant :

un squelette de chien protégé par une cordelette bleue.

Il s'approcha.

« Bah, c'est qu'un tas d'os. »

Il fit tournoyer la cordelette bleue puis grimpa en équilibre dessus.

– Regardez-moi ! Je suis Henri le Funambule ! Le plus grand acrobate du… AAAAAAH !

Il perdit l'équilibre et s'écroula sur le squelette.

CLING-CLANG-CLONG !

Les os dégringolèrent, déclenchant une alarme stridente.

DRIIIING DRIIIING DRIIIING !

Aussitôt, une horde de gardiens fit irruption dans la pièce.

« Oh-oh ! » pensa Henri.

Vite, il se glissa entre leurs jambes et fila.

Il déboucha dans une vaste salle remplie de panneaux de circulation, de tickets de bus usagés et de vieux feux tricolores. La classe de Paul était regroupée devant « l'histoire des égouts de l'Antiquité à nos jours ». Oh non ! Henri repéra sa mère au milieu des élèves.

Il se cacha derrière un feu rouge juste au moment où les gardiens de musée débarquaient dans la pièce.

– Le voilà ! Le gamin avec un T-shirt violet à étoiles !

Horrible Henri était pétrifié. Il était fait comme un rat !

Mais ils passèrent devant sa cachette sans s'arrêter. L'un d'eux saisit Paul Parfait par le col.

– Viens avec nous. On t'emmène dans la salle des enfants pas sages.

– Mais... mais..., protesta Paul.

– Il n'y a pas de mais. Qui est responsable de ce garçon ?

– Moi, monsieur, répondit sa mère. Je ne comprends pas…

– Venez avec nous, ordonna le gardien.

– Mais… Mais…, protesta-t-elle.

Malgré leurs cris, Paul Parfait et sa mère furent emmenés de force.

Henri entendit alors derrière lui une voix familière.

– Marguerite, arrête de pousser ! Alexis, on ne touche pas ! Arrête de pleurnicher, Colin ! Dépêchez-vous ! vociférait Mlle Lefouet. Le car part dans cinq minutes. Il faut vite regagner la sortie.

Instantanément, tous les élèves se mirent à courir comme des fous.

Horrible Henri rejoignit le groupe d'un pas tranquille.

– Où étais-tu passé, Henri ? voulut savoir la maîtresse.

– J'ai exploré ce merveilleux musée. Dites, on pourra revenir ?

4
Un dîner presque parfait

PLIC ! PLOC ! FIZZ !

Assis sur le carrelage de la cuisine, Horrible Henri admirait le liquide violet qui sortait de sa nouvelle machine à potions en faisant de grosses bulles.

BURP ! PROUT ! SPLACH !

Juste à côté, un robot à poison venait de cracher des chips pourries.

Le père d'Henri fit alors irruption dans la cuisine.

– Tu veux une chips ? proposa innocemment son fils.

– Non ! répliqua-t-il en nouant son tablier. Je t'ai déjà dit d'aller jouer dans ta chambre.

Il ne comprenait vraiment pas pourquoi sa grand-mère lui avait offert ces deux jouets répugnants.

– Henri, ouvre grand tes oreilles et écoute-moi bien, reprit-il en sortant son rouleau à pâtisserie. La nouvelle patronne de maman et son mari viennent dîner à la maison ce soir. Je te demande donc d'être serviable et très sage.

– Ouais, ouais, fit-il sans quitter des yeux ses précieuses machines.

Les parents d'Henri recevaient rarement des invités. La dernière fois,

Henri s'était faufilé dans le salon ni vu ni connu pour manger le gâteau au chocolat du dessert. Ce n'était pas sa faute s'il avait tout vomi sur le canapé !

La fois d'avant, il avait mis des coussins péteurs sur les chaises, il avait mordu son frère et avait fait du toboggan sur la rampe.

Ce n'était pas sa faute si elle s'était cassée !

Son père s'affairait, dans un fracas de casseroles et de poêles.

– Qu'est-ce que tu prépares ? demanda Paul Parfait en rangeant son album de timbres.

– Un feuilleté de saumon au citron et au gingembre, annonça-t-il, le nez dans son livre de recettes.

– Miam ! J'adore ! s'exclama Paul Parfait.

– BEURK ! fit Horrible Henri. Je veux une pizza. Et y a quoi pour le dessert ?

– De la mousse au chocolat, répondit son père.

– Est-ce que je peux vous aider ? proposa Paul.

Sa mère sourit.

– Bien sûr. Tu feras passer les cacahuètes et les chips quand M. et Mme Parton arriveront.

Cacahuètes ? Chips ? Henri dressa l'oreille.

– Je veux participer, moi aussi, déclara-t-il.

Sa mère le toisa.

– On verra…

– Henri ne peut pas faire passer les cacahuètes, sinon il va tout manger, affirma Paul Parfait.

– La ferme !

– Maman ! gémit Paul. Henri m'a dit de la fermer.

– Henri, sois poli ! marmonna leur père qui râpait le gingembre et pressait les citrons.

Pendant qu'il roulait le saumon dans la pâte feuilletée, sa femme fila mettre la table avec leur plus beau service en porcelaine.

– Hé ! Y a pas assez d'assiettes ! protesta Henri. Y en a que quatre.

– Tout à fait. Mme Parton, M. Parton, papa et moi.

– Et moi ? s'étonna Henri.

– Et moi ? renchérit Paul.

– Nous serons entre adultes, expliqua leur mère.

Henri n'en revenait pas.

– Quoi ! Je vais aller... au lit ? Je... je ne dîne pas avec vous ?

– Non, répondit son père.

– C'est pas juste ! Qu'est-ce que je vais manger alors ?

– Un sandwich au fromage. Il faut

qu'on prépare tout. On est déjà en retard sur notre programme.

– Pas question ! brailla Henri en repoussant son assiette. Je veux une pizza.

– Pas de problème, papa, affirma Paul en mordant dans son sandwich. Je comprends que les adultes aient parfois besoin de se retrouver entre eux.

Henri se jeta sur lui, tel un cannibale démembrant sa victime avant de la faire cuire.

– AAAAAAAH ! hurla Paul.

– Ça suffit, Henri, décréta sa mère. Au lit !

– Je veux de la mousse au chocolat !

– Monte dans ta chambre et restes-y ! hurla-t-elle.

Ding-dong !

– Aaaah ! cria le père de Paul et d'Henri. Ils sont en avance et je n'ai pas encore préparé la mousse !

Horrible Henri grimpa dans sa chambre en tapant des pieds et claqua la porte.

Il était tellement en colère qu'il ne trouvait plus ses mots. C'était trop injuste. Pourquoi devrait-il aller se coucher alors que ses parents se régalaient en bas ? Le délicieux fumet de chocolat lui chatouillait les narines. Son estomac gargouilla. S'ils croyaient qu'il allait rester au lit pendant qu'ils s'amusaient, ils se trompaient.

CRIIIIING ! CRIIIING !

Paul Parfait devait être en train de

jouer du violoncelle devant les invités. Ce qui signifiait… que la voie était libre.

Henri sourit. « Cacahuètes, me voilà ! » pensa-t-il.

Il descendit sur la pointe des pieds. D'affreux grincements s'échappaient toujours du salon.

Horrible Henri se faufila dans la cuisine. Cacahuètes, chips et boissons attendaient sur un plateau, prêts à être servis.

« Oh, mais c'est pas des cacahuètes. Des pistaches, encore mieux ! J'en prends juste une poignée. »

Scrunch. Scrunch. Scrunch !

Miam, c'était vraiment bon. Délicieux… Allez, une ou deux de plus. Il n'avait qu'à mettre celles qui restaient dans un bol plus petit, comme ça, personne ne verrait qu'il en avait mangé.

Scrunch. Scrunch. Scrunch !

« Juste une dernière, et c'est tout », décida Henri.

Il plongea les doigts dans le bol. Oh-oh, il n'en restait plus que trois.

« Mince, pensa Horrible Henri. Je vais avoir des ennuis. »

PLIC ! PLOC ! FIZZ !

BURP ! PROUT ! SPLACH !

Horrible Henri se tourna vers sa machine à potions et son robot à poison. Il se donna une tape sur le front. Quel idiot ! C'était l'occasion rêvée d'essayer ses nouveaux jouets.

Il examina les chips pourries qu'il avait fabriquées. Elles ressemblaient à s'y méprendre aux autres, même si elles n'avaient sûrement pas du tout le même goût...

« Miam, miam ! » Il engloutit les

vraies chips avant de remplir le bol avec celles de sa fabrication.

Puis il versa deux verres de potion violette et les posa sur le plateau.

« Parfait. Maintenant il ne me reste plus qu'à fabriquer des pistaches qui tachent pour remplacer celles que j'ai mangées. »

C'est alors que la porte de la cuisine s'ouvrit.

– Qu'est-ce que tu fabriques ici, Henri ? s'étonna son père. Tu devrais être couché.

– Maman m'a promis que je pourrais servir l'apéritif, mentit-il.

Puis il s'empara des deux bols et s'enfuit en courant.

Des applaudissements retentirent dans le salon.

Paul Parfait s'inclina avec modestie.

– Oh ! il est trop mignon, s'extasia Mme Parton.

– Et vraiment très doué, renchérit son mari.

– Bonsoir, monsieur et madame Patron, fit Henri en entrant dans la pièce.

Sa mère devint rouge comme une pivoine.

– C'est Parton, mon chéri, pas Patron.

– Mais c'est comme ça que tu les appelles, pourtant, maman, insista-t-il avec un sourire innocent.

Elle s'empressa d'ajouter :

– Henri vient juste nous dire bonsoir et il va se coucher.

– Non, pas du tout. Je devais t'aider à servir l'apéritif, tu sais bien.

– Oooh, des pistaches, j'adore ça ! s'exclama Mme Parton.

– Je t'avais dit de rester dans ta chambre, Henri, lui souffla sa mère.

– Maman, c'était moi qui devais servir l'apéritif, pleurnicha Paul.

– Tu n'as qu'à faire passer les chips,

Paul, proposa son frère en lui tendant le bol de chips pourries. Une pistache, madame Patron ?

– Parton ! siffla sa mère.

– Oui, merci, j'en raffole.

Elle plongea les doigts dans le bol et prit les trois dernières.

Henri lui en arracha deux des mains en aboyant :

– Une seule à la fois !

– Henri, sois poli ! rugit sa mère.

– Une pistache ? proposa-t-il en agitant le bol devant M. Parton.

– Euh… oui…

Mais c'était trop tard, Henri était déjà passé à sa mère.

– Une pistache ?

Elle tendit la main, mais il avait déjà retiré le bol.

– Henri ! protesta-t-elle.

– Voulez-vous des chips, madame Parton ? fit Paul Parfait.

La dame en prit une poignée qu'elle fourra dans sa bouche.

Son visage passa par toutes les couleurs : violet, rouge, vert…

– POUUAARC ! hurla-t-elle en postillonnant les chips pourries sur son mari.

– Paul, va lui chercher quelque chose à boire.

Paul courut dans la cuisine et revint avec un verre violet.

– Merci, fit-elle d'une voix rauque avant de le vider d'un trait. BEURK !

hurla-t-elle en le recrachant. Tu veux m'empoisonner ou quoi, petit monstre ?

Elle se leva en portant les mains à sa gorge et bouscula le père de Paul et d'Henri qui arrivait avec le plateau.

CLING ! BONG !

SPLACH !

Paul, son père, sa mère et les deux invités étaient trempés.

– Qu'est-ce que tu as fait, Paul, enfin ? gronda sa mère.

Paul Parfait fondit en larmes et s'enfuit en courant.

– Oh, je suis vraiment désolée, s'excusa sa mère.

– Ce n'est pas grave, murmura Mme Parton, entre ses dents serrées.

– Maintenant, asseyez-vous, je vais

vous faire un spectacle, annonça Henri.

– Pas question, répliqua sa mère.

– Pas question, répliqua son père.

– Mais Paul a joué du violoncelle ! brailla-t-il. JE VEUX FAIRE UN SPECTACLE !

– D'accord, mais court, alors, soupira sa mère.

Horrible Henri se mit à chanter. Tout le monde se boucha les oreilles.

– Moins fort, Henri !

Horrible Henri fit une pirouette, écrasant copieusement les pieds des invités.

– Ouille ! gémit Mme Parton en se massant les orteils.

– Tu as fini, Henri ? demanda son père.

En jonglant, Horrible Henri fit tomber les deux balles sur la tête de Mme Parton.

– Aïe ! gémit-elle.

– Et maintenant, je vais vous montrer mes nouvelles prises de karaté.

– NOOOON ! hurlèrent en chœur son père et sa mère.

Mais avant que quiconque ait pu l'arrêter, il se mit à tournoyer en donnant des coups de pied et de poing dans tous les sens, comme un karatéka enragé.

– HI-YA ! hurla-t-il en faisant un croche-patte à M. Parton.

Le pauvre homme tomba à la renverse.

Woush ! Sa perruque décolla.

Clic-Clac ! Son dentier s'envola.

– Réginald ! s'écria sa femme. Ça va ? Dis-moi quelque chose !

– Argh ! murmura-t-il.

– Pas mal, hein ? fit Henri. À qui le tour ?

Soudain, Mme Parton se mit à tousser :

– Q-Q-Qu'est-ce que ça sent ?

– Oh non ! hurla le père d'Henri. C'est mon saumon qui brûle.

Il se rua dans la cuisine, suivi de sa femme et de leurs deux invités. Un nuage de fumée noire s'échappait du four. La mère d'Henri prit un torchon pour étouffer les flammes.

CHTAC ! CHTAC !

– Attention ! hurla son mari.

Le torchon renversa le bol de mousse au chocolat, qui s'écrasa par terre.

SPLOUCH !

Il y avait du chocolat sur le carrelage, du chocolat au plafond. Du chocolat sur Henri, ses parents et leurs invités !

– Oh non ! gémit la mère d'Henri en se prenant la tête dans les mains avant d'éclater en sanglots. Qu'est-ce qu'on va faire ?

– T'inquiète, maman, je m'occupe de tout, décréta Henri.

Il décrocha le téléphone.

– Allô ! Pizza Passion ? Je voudrais commander une méga-spéciale double fromage, s'il vous plaît !

Fin

Francesca Simon est née à Saint Louis, dans le Missouri, et a passé toute son enfance en Californie. Elle fait ses études à Yale et à Oxford, où elle se spécialise en littérature médiévale. Renonçant à devenir une médiéviste réputée, elle se lance dans le journalisme et collabore au *Sunday Times*, au *Guardian*, au *Telegraph* ainsi qu'à *Vogue* (US). Après la naissance de son fils Joshua, en 1989, elle décide de se consacrer à l'écriture de livres pour la jeunesse. Francesca Simon habite aujourd'hui à Londres. Considérée comme l'un des auteurs pour enfants les plus populaires de Grande-Bretagne, Francesca Simon a publié plus d'une cinquantaine de livres à ce jour. *Horrible Henri*, dont les premières aventures ont débuté il y a près de quinze ans, est devenu un véritable phénomène éditorial.

Tony Ross est né à Londres en 1938. Après des études d'art à la Liverpool School of Art, il travaille comme graphiste puis directeur artistique d'une agence publicitaire et dispense également des cours. Il développe dans le même temps une carrière d'illustrateur en publiant des bandes dessinées dans le magazine satirique *Punch*. Son premier livre paraît en 1976. Créateur d'albums inoubliables comme *La Petite Princesse*, Tony Ross a également illustré les œuvres des plus grands auteurs pour enfants.

Retrouve

Horrible Henri

le cauchemar des enfants sages !

HORRIBLE HENRI
Folio Cadet n° 557

Henri peut-il rivaliser avec son petit frère Paul Parfait dans le rôle d'enfant sage ? ◆ Convaincra-t-il ses parents qu'il est plus doué pour le karaté que pour la danse ? ◆ Maudite Marguerite osera-t-elle avaler un breuvage répugnant ? ◆ Henri a-t-il vraiment une tête à passer ses vacances au camping ?

LE CLUB SECRET
Folio Cadet n° 558

Henri aura-t-il le courage de se faire vacciner sans hurler par Mlle Kipik ? ◆ Maudite Marguerite le laissera-t-elle entrer dans son club ultra secret ? ◆ Paul Parfait peut-il devenir aussi insupportable que lui ? ◆ Ses parents tiendront-ils leur promesse de ne plus jamais fêter son anniversaire ?